TABLEAUX

ET

ÉTUDES

PAR

Clément QUINTON

(HORS CONCOURS)

Mᵉ **Robert BIGNON**
COMMISSAIRE-PRISEUR

M. F. MARBOUTIN
EXPERT

IMPRIMERIE :: ::
C. CHAUFOUR ::
6-8, RUE MILTON
PARIS :: :: :: ::

CATALOGUE

DES

TABLEAUX

ET

ÉTUDES

PAR

Clément QUINTON

(HORS CONCOURS)

Provenant de son Atelier

DONT LA VENTE AURA LIEU A PARIS

HOTEL DROUOT — SALLE N° 10

Le Jeudi 4 Décembre 1913

A 2 HEURES 1/2

M° ROBERT BIGNON
COMMISSAIRE-PRISEUR
41, Rue de la Victoire, 41

M. F. MARBOUTIN
PEINTRE-EXPERT
2, Rue de Marseille, 2

EXPOSITION PUBLIQUE :

Le Mercredi 3 Décembre 1913, de 2 heures à 6 heures

CONDITION DE LA VENTE

La vente sera faite au comptant.

Les acquéreurs paieront *dix pour cent* en sus des enchères.

L'exposition mettant le public à même de se rendre compte de l'état des tableaux, il ne sera admis aucune réclamation une fois l'adjudication prononcée.

NOTES BIOGRAPHIQUES

Clément QUINTON, *né à Paris.*

Médailles de 3ᵉ classe 1890; 2ᵉ classe 1892. Hors concours.

Officier de l'Instruction Publique. Acquis par l'Etat 1894.

Médaillé à l'Exposition Universelle de Lyon 1898.

Médailles à Niort, Bordeaux, Versailles, Chicago.

Tableaux aux musées de Pau, Alençon, Amiens, Le Puy.

Tableau acquis par la Ville de Paris en 1911 et placé à la mairie de Saint-Maur-des-Fossés.

DÉSIGNATION

1 — *Le Soir à Aubazine (Corrèze).*

    Panneau.   Larg. : 0m35 ; Haut. : 0m27.

2 — *A l'Aube sur la lande. Ploumanac'h.*

    Toile.   Larg. : 0m63 ; Haut. : 0m41.

3 — *Une Clairière aux Monts-Girard.*

    Panneau.   Larg. : 0m26 ; Haut. : 0m19.

4 — *Lever de pleine lune.*

    Panneau.   Larg. : 0m26 ; Haut. : 0m19.

5 — *La Fin du jour à Pontaubert.*

    Panneau.   Larg. : 0m26 ; Haut. : 0m19.

6 — *Barbizon.*

    Panneau.   Larg. : 0m26 ; Haut. : 0m19.

7 — *Biches en forêt de Fontainebleau.*

    Toile   Larg. : 0m45 ; Haut. : 0m38.

8 — *Environs de Montigny-sur-Loing.*

Toile.   Larg.: 0m41; Haut.: 0m33.

9 — *Marais de Bonneuil.*

Toile.   Larg.: 0m41; Haut.: 0m27.

10 — *A Ploumanac'h vers le soir.*

Toile.   Larg.: 0m65; Haut.: 0m49.

11 — *Vaches dans un marécage.*

Toile.   Larg.: 0m55; Haut.: 0m42.

12 — *Soir de novembre. Boissy-Saint-Léger.*

Panneau.   Larg.: 0m39; Haut.: 0m24.

13 — *Chèvres dans une clairière.*

Toile.   Larg.: 0m61; Haut.: 0m46.

14 — *Sucy-en-Brie. Le soir en novembre.*

Panneau.   Larg.: 0m41; Haut.: 0m27.

15 — *Le Grand Val à Ormesson.*

Toile.   Larg.: 0m73; Haut.: 0m51.

16 — *Crépuscule. Forêt de Fontainebleau.*

Toile.   Larg.: 0m73; Haut.: 0m54.

17 — *La Vallée d'Ax, le soir. Pyrénées.*

Toile.   Larg.: 0m46; Haut.: 0m38.

18 — *Chevaux de halage*

Toile.   Larg.: 0m41; Haut.: 0m33.

19 — *Un Moulin près de Pontaubert.*

    Panneau.   Larg. : 0m26 ; Haut. : 0m19.

20 — *Barbizon. Crépuscule.*

    Toile.   Larg. : 0m35 ; Haut. : 0m29.

21 — *Rentrée du troupeau.*

    Toile.   Larg. : 0m33 ; Haut. : 0m22.

22 — *Moutons dans la vallée d'Amboile.*

    Toile.   Larg. : 0m65 ; Haut. : 0m49.

23 — *Chemin de carrière.*

    Toile.   Larg. : 0m55 ; Haut. : 0m36.

24 — *Chèvres dans les bruyères. Aubazine.*

    Toile.   Larg. : 0m41 ; Haut. : 0m27.

25 — *Lisière de forêt. Ciel d'orage.*

    Toile.   Larg. : 0m41 ; Haut. : 0m27.

26 — *Moutons à l'étable.*

    Toile.   Larg. : 0m41 ; Haut. : 0m33.

27 — *Les Meules à Villecresnes.*

    Toile.   Larg. : 0m49 ; Haut. : 0m30.

28 — *Un Coin de bergerie.*

    Panneau.   Larg. : 0m24 ; Haut. : 0m19.

29 — *Brebis à l'étable.*

    Panneau.   Larg. : 0m27 ; Haut. : 0m21.

30 — *Soleil couchant après l'orage.*

Panneau. Haut.: 0[m]26; Larg.: 0[m]19,

31 — *Un Chemin à Pontaubert.*

Panneau. Larg.: 0[m]26; Haut.: 0[m]19.

32 — *Le Roussot, le soir (Creuse).*

Panneau, Larg.: 0[m]26; Haut.: 0[m]19,

33 — *Intérieur d'étable,*

Panneau, Larg.: 0[m]21; Haut.: 0[m]16,

34 — *La Sablière,*

Toile, Larg.: 0[m]65; Haut. 0[m]49

35 — *Passage à gué, Saint-Guirec.*

Toile. Larg.: 0[m]41; Haut.: 0[m]27.

36 — *Le Soir dans le taillis.*

Toile. Larg.: 0[m]61; Haut.: 0[m]46.

37 — *Plaine de la Morlande (Yonne).*

Toile. Larg.: 0[m]65; Haut.: 0[m]46.

38 — *Crépuscule à Pontaubert.*

Toile. Larg.: 0[m]92; Haut.: 0[m]49.

39 — *Le Village de Pontaubert, vu d'Orbigny.*

Toile. Larg.: 0[m]92; Haut.: 0[m]65.

40 — *Bergerie.*

Panneau. Larg.: 0[m]24; Haut.: 0[m]19.

41 — *Chevaux au repos.*
    Toile.   Larg. : 0m27 ; Haut. : 0m22.

42 — *Intérieur de bergerie.*
    Toile.   Larg. : 0m27 ; Haut. : 0m22.

43 — *Etable à moutons.*
    Toile.   Larg. : 0m27 ; Haut. : 0m22.

44 — *Anzème (Creuse).*
    Toile.   Larg. : 0m46 : Haut. : 0m33.

45 — *Environs de Luchon*
    Toile.   Larg. : 0m41 ; Haut. : 0m33.

46 — *Un Maréçage.*
    Toile.   Larg. : 0m41 ; Haut. : 0m22.

47 — *Paysage limousin.*
    Panneau.   Larg. : 0m33 ; Haut. : 0m24.

48 — *Gorges du Coiroux. Aubazine.*
    Panneau.   Larg. : 0m33 ; Haut. : 0m24.

49 — *La Plaine de Montmesly. Novembre.*
    Toile.   Larg. : 0m64 ; Haut. : 0m30.

50 — *Pleine lune à son lever.*
    Toile.   Larg. : 0m61 ; Haut. : 0m36.

51 — *Saint-Guirec.*
    Toile.   Larg. : 0m55 ; Haut. : 0m38.

52 — *Moutons sur les pentes d'Aubazine.*

    Panneau.   Larg.: 0^m35; Haut.: 0^m27.

53 — *Les Brebis, près d'Anzème,*

    Panneau.   Larg.: 0^m35; Haut.: 0^m27.

54 — *Les Hêtres du Dormoir d'Apremont. Novembre.*

    Toile.   Larg.: 1^m50; Haut.: 0^m86.

55 — *Crépuscule d'automne à Chennevières.*

    Toile.   Larg.: 0^m55; Haut.: 0^m38.

56 — *Pontaubert. Avant la nuit.*

    Toile.   Larg.: 0^m61. Haut.: 0^m41.

57 — *Labourage à Montigny-sur-Loing.*

    Panneau.   Larg.: 0^m33; Haut.: 0^m24.

58 — *Le Canal du Loing à Episy.*

    Panneau.   Larg.: 0^m33; Haut.: 0^m24.

59 — *Une Clairière dans les bois Notre-Dame.*

    Toile.   Larg.: 0^m46; Haut.: 0^m35.

60 — *Derniers Rayons après la pluie.*

    Toile,   Larg.: 0^m55; Haut.: 0^m38.

61 — *Le Val d'Ormesson.*

    Toile.   Larg.: 0^m49; Haut.: 0^m30.

62 — *Le Matin à Boissy-Saint-Léger.*

    Toile.   Larg.: 0^m41; Haut.: 0^m31.

63 — *Moutons en plaine. Sucy.*

Toile.   Larg.: 0^m31 ; Haut.: 0^m23.

64 — *Retour de la maison.*

Panneau.   Larg.: 0^m28 ; Haut.: 0^m16.

65 — *La Vieille Bergerie.*

Toile.   Larg.: 0^m34 ; Haut.: 0^m24.

66 — *Le Soir qui tombe. Fontainebleau.*

Toile.   Larg.: 0^m73 ; Haut.: 0^m54.

DESSINS

67 — *Sur la Terrasse.*

Dessin à l'encre de Chine.

68 — *Rêverie.*

Dessin à l'encre de Chine.

69 — *Au Bord de la mer,*

Dessin à l'encre de Chine

70 — *La Baignade des chevaux.*

Aquarelle.